AF197587

© 2024 Michael F. Panchyrz

Verlag und Druck:
tredition GmbH, Halenreie 40-44, 22359 Hamburg

Autor:
Michael F. Panchyrz, Hackelbergstr. 17, 37194
Bodenfelde

ISBN
Softcover: 978-3-347-99259-7
Hardcover: 978-3-347-99260-3
E-Book: 978-3-347-99261-0

Das Leben

101 Sonette

Deutsch / Englisch

in 14 Zeilen

Michael F. Panchyrz

What makes a poem a poem?

When I was a child, I believed at least *rhyme* and *verse* were two indisputable criteria. Well, that is certainly not (any longer) true. Poets have the freedom to decide very individually what they call a poem. I am a little old-fashioned. And I am an anglophile person (which may be the same character). That is why I dare to attempt to write sonnets. Quite often their structure follows the *Old English Sonnet*. To do so is certainly a brave and risky act considering the names on the list of poets who did so before me. And anyways, poetry is most likely not an art to attract a greater share on the book market – particularly not poems following rather strict settings. But, on the other hand, that is what makes them so challenging. And when I then try to create an *Original* by using the English language, that's where the enjoyable part of writing sonnets really starts.

The contents, however, knows no limitation. I write about love as I do about social questions, about simple observations in my private environment and world politics, pleasure and grief, optimism and despair. And that clearly shows that my sonnets, too, mean a lot more than *rhyme* and *verse*.

> That's enough words for the start,
> I can tell by your sceptical look,
> Open your eyes and open your heart,
> And enjoy reading this lovely book.

Was macht ein Gedicht zu einem Gedicht?

Als Kind dachte ich, Reime und Strophen seien unverzichtbar. Das stimmt so natürlich nicht (mehr). Dichter haben viele, ja geradezu alle Freiheiten. Ich selbst bin allerdings etwas verstaubt. Und ich bin anglophil (was vielleicht dasselbe ist). Deshalb habe ich mich an *Sonette* herangetraut. Häufig lehnen Sie sich im Aufbau und Form an die frühen *English Sonnets* an. Das ist sicherlich sehr mutig, wenn wir uns die Liste der Vertreter dieser Dichtkunst anschauen. Außerdem sind Gedichte vermutlich sowieso nicht der Renner auf dem Büchermarkt – schon gar nicht formal, eng definierte Poesie. Aber genau das macht den Reiz aus. Und wenn ich es dann noch wage, es einmal mit dem *Original*, also englischer Sprache zu versuchen, fängt das Vergnügen Sonette zu dichten erst richtig an.

Bei den Inhalten gibt es allerdings keine Vorgaben oder Einschränkungen. Das Glück der Liebe kommt genauso zum Zug wie Gesellschaftskritik, die einfache Beobachtung im familiären Umfeld wie komplexe Weltpolitik, Freude wie Trauer und Optimismus wie Verzweiflung. Und spätestens hier wird deutlich, dass auch diese Sonette viel mehr als nur Reime und Strophen verkörpern.

Dies ist auch schon das Vorwort gewesen,
Der Autor wünscht nun viel Spaß beim Lesen.

Pastimes

Some people's favourite pastime is to draw,
Others prefer some colour and a brush.
You may enjoy the music and dancefloor,
To find your peace, forget the daily rush.
To play an instrument, as well is fun,
Or choose the singing in a lively choir;
Revive your tired muscles while you run,
Whatever mind and body do desire.
I love the magic of the poet's word.
The lovely tune they play when they do rhyme;
The pleasure they trigger when they are heard,
Knowing no limits when outlasting time.
It's the old form of sonnets that I choose
To share with you, my friend, some of my views.

[Sonnet 2 - 2021]

Freizeitaktivität

Manch' Mensch, der zeichnet gerne mit dem Stift.
Pinsel und Farben sind des Malers Glück.
Das Tanzbein schwingen mehr auf dich zutrifft?
So lassen wir des Tages Stress zurück.
Freude kann ein Instrument uns bringen;
Muskeln lockern beim Lauf durch Wald und Flur;
Mit Freunden gemeinsam fröhlich singen,
Für Kopf und Körper die Erholungskur.
Ich selbst, ich ziehe vor des Dichters Wort.
Sein Reim entfaltet eine Melodie.
Mein Ohr wird des Vergnügens liebster Hort,
Beschwingt es währet fort und endet nie.
Die alte Form Sonnet mir gut gefällt,
So blick' mit mir, mein Freund, auf uns're Welt.

[Sonett 1 - 2021]

Besonderer Dank gilt meiner Frau für ihre erneute geduldige Unterstützung bei meinem zweiten Buchprojekt und meiner Tochter für die tollen Illustrationen zum dem Gedicht *Deal*.

Inhaltsverzeichnis und Informationen zum Autor am Ende des Buches
Table of Contents and information about the author at the end of the book

KAPITEL / CHAPTER 1

DAS LÄCHELN DES LEBENS

THE SMILES OF LIFE

Sunrise Point

Stars are still twinkling in the dark blue sky,
Every breath is forming a cloud of mist,
The temperature freezing, the air is dry,
Fingers trying to keep warm, making a fist.
On the horizon appears a small line,
First very faint and hardly to be seen,
Of the new day, a first beautiful sign,
Growing into a magnificent scene.
Then the first beams of the sun throw their light,
Inflaming the rocks into shades of red,
Changing darkness into an awesome sight,
What a way to welcome the day ahead.
I've seen it so often, still a surprise.
Watching in Bryce that bright morning sun rise.

[Sonnet 3 – 2021]

Die Insel

Eine Insel treibt einsam über's Meer,
Sie kennt weder ein Ziel, noch Raum, noch Zeit,
Palmen und Sand, ein Hauch von Südsee-Flair,
Nur umgeben von Wasser, weit und breit.
Am Himmel zwei weiße Wolken schweben,
Ziehen zu zweit ganz langsam ihre Bahn,
Die Fantasie erfüllt sie mit Leben,
Erschafft weiße Taube und stolzen Schwan.
Die Seele ruht in der Hängematte,
Gedanken fliegen hoch, von Sorgen frei,
Wind streichelt die Haut ganz sanft wie Watte,
Dem Mund entweicht ein stummer Freudenschrei.
Ich weiß, kein Mensch kann eine Insel sein,
Und doch, im Traum bleibt sie für immer mein.

[Sonett 34 - 2021]

Bedtime

Another day comes to its final end,
The eyelids' closing is almost complete,
The clock says "Time to go to bed my friend",
That's when my soul suggests just one more treat.
So first a little glass is what we need,
Engraved a Scottish Thistle masterly.
Two fingers filling it should not exceed,
A breath of Islay, peat and salty sea.
The sound of Blues to heighten this delight,
This atmosphere, peace to my body brings,
The great King himself wishing me good night,
While Sweet Little Angel for me he sings.
Whisky then my palate does warmly please,
My world and me have thus made our peace.

[Sonnet 10 - 2021]

Tagesende

Wenn ein weiterer Tag zur Neige geht,
Die Lider sich immer öfter schließen,
Die Wanduhr kurz vor Tagesende steht,
Dann will die Seele nochmals genießen.
Sie braucht dafür zunächst ein kleines Glas,
Das eine Scottish Thistle reizvoll ziert,
Und dann gefüllt bis zum Zwei-Finger-Maß
Einen Hauch von Islay initiiert.
Dazu ertönt im Raum ein sanfter Blues,
Der Ruhe in den ganzen Körper bringt,
Vom King noch kurz ein letzter Abendgruß,
Als er Sweet Little Angel für mich singt.
Wenn Whisky dann meinen Gaumen verwöhnt,
Sind meine Welt und ich friedvoll versöhnt.

[Sonett 9 - 2021]

Illustrations & Design: angela (2021), ⓘ artwork.angela

Deal

When the morning sun rises over France,
Painting a ribbon across the waters,
A view so nice, it makes my heartbeat dance,
Looking out of my holiday quarters.
Then I stroll along the wide promenade,
Small waves rolling onto the pebble shore,
So many views like from a greeting card,
Those moments every human must adore.
The Sea Cafe invites me for a tea,
I add some sausage, bacon, eggs and beans.
And on I walk along the peaceful sea,
The eyes enjoying all those seaside scenes.
And with some luck I even see a seal,
This place, no doubt, is truly a great deal.

Illustrations & Design: angela (2021), ⓘartwork.angela

My destination is ahead in sight,
The Cliffs with all their beauty and their charms;
The white is shining in the sunny light,
At noon, for lunch, I reach the Zetland Arms.
I love to rest there for a pint or two,
The view across the waters worth the price.
It is a dream and also very true,
Until the cries of seagulls make me rise.
The sun is high now in the bright blue sky,
A little breeze blows coolness to my face.
Forget all pain, it's easy if you try,
Keep walking towards another favourite place.
Torch lilies, red and yellow, smile at me,
There is no other place I want to be.

Illustrations & Design: angela (2021), ⓘartwork.angela

The Lifeboat Station's flag flies on the mast;
I watch some men work on their speedy boat.
The Castle stands as symbol of the past
With canons on thick walls behind the moat.
The Timeball's shade already hides the sun,
But the long pier still calling in bright light,
To sit at its warm end is so much fun,
A perfect start into the falling night.
Passing the gate, a smell creeps up my nose,
Fish'n'Chips would be my palate's pleasure,
The old Amusement Hall is very close,
But it's far too early for that leisure.
Other lights are drawing my attention,
When the hazy moon starts its ascension.

Illustrations & Design: angela (2021), ⓞartwork.angela

The sky still glowing in bright evening red,
A scene like taken from an English tale,
When I walk through that door of the King's Head,
Waiting for me my Whitstable Pale Ale.
No better way to end such perfect day
With lamb chops, gravy, and another pint;
Too soon it's time to end this lovely stay,
But gladly no more worries on my mind.
Walking down that warmly lit Middle Street,
The moon is guiding me back to my bed,
All quiet, gone the daytime's noisy beat,
Anticipating a new day ahead.
If ever you want to know how I feel,
Head for Kent's coast, follow the signs to Deal.

[Sonnet 13 - 2021]

Daydreams

For a short moment all my clocks stand still,
My eyes are closed, nevertheless they see,
Thus, again, I escape today's treadmill,
When in the world of daydreams I can be.
I love to listen to the ocean's sound,
My feet are joyful playing in the sand,
My ears imagine concerts all around,
A breath of air feels like a soothing hand.
The warming sunlight flooding all my cells,
It brings back lots of needed energy,
A light massage by touching sand and shells,
For head and soul, a perfect therapy.
Minutes just, lifting me into the sky,
A short dream, no money will ever buy.

[Sonnet 24 - 2021]

Tagträume

Kurz stehen meine Uhren einmal still,
Mein Blick schweift hinter jeden Horizont,
Das innere Auge blickt wohin es will
Und blendet aus die graue Alltagsfront.
Augen zu hör' ich die Wellen rauschen,
Unter warmem Sand die Füße spielen,
Ohren gern dem Kinderlachen lauschen,
Sanfte Lüftchen meinen Körper kühlen.
Sonnenstrahlen fluten jede Zelle
Und füllen sie mit frischer Energie,
Regeneration, Entspannungsquelle,
Für Kopf und Seele Lebenstherapie.
Minuten nur, die aber unbeschwert,
Ein kurzer Traum, der aber so viel wert.

[Sonett 23 - 2021]

Leicester Square

I love to sit on busy Leicester Square,
And watch that lively scene late afternoon.
As people come and go, seconds they share,
By chance composing a beautiful tune.
There are no rules, telling you what to wear,
It's like a catwalk that no limits knows,
A glimpse of the world's fashion, I can share,
Designs for every head down to the toes.
It's fun trying to guess those people's moods.
Do their looks give away their professions?
Can I read any of their attitudes?
What do they tell, their facial expressions?
I love this daily show at Leicester Square,
Presented free of charge and open air.

[Sonnet 38 - 2021]

Berg des Lebens

Hier steh' ich nun, vor mir der große Berg,
Er ist so hoch, ich fühl' mich wie ein Zwerg,
Der Weg hinauf so lang und endlos scheint,
Da brauch' ich alle Kräfte eng vereint.
Und somit auf ans neue Tagewerk.
Der erste Schritt, er ist noch richtig schwer,
Doch schnell merk' ich die Anstrengung nicht mehr.
Fuß vor Fuß, der Rhythmus ist gefunden,
Im Flug vergehen so selbst die Stunden.
Der Zwerg entwickelt Kräfte wie ein Bär.
So jeder Meter Energie gewinnt
Und auch der Geist ist weiter gut gesinnt.

Doch dann ein Blick zu meinem Ziel verrät,
Mit Hindernissen ist der Weg gesät,
Statt vor geht's durchaus auch einmal zurück;
Es gibt auch Pech und leider nicht nur Glück,
Da muss ich nun mal durch, wird es auch spät.

Sollte ich dann wirklich einmal fallen,
Meine Hände sich zu Fäusten ballen,
Werd' mich stärker als zuvor aufrichten,
Auf meinen Erfolg niemals verzichten,
Und im Zweifel an den Strohhalm krallen.

Aufgabe ist niemals eine Option,
Oben wartet stets aller Mühe Lohn.

Der letzte Anstieg kostet nochmals Kraft,
Einmal der Kopf, der Körper mal erschlafft.
Einer muss den and'ren überzeugen,
Keinem Zweifel werden wir uns beugen;
Zusammen wird auch dieser Tag geschafft.
Augen zu, auf die Zähne gebissen,
Auch wenn all die Kräfte fast verschlissen;
Nur ein kurzer Spurt muss noch gelingen,
Um uns dann erschöpft ins Ziel zu bringen,
Zu dem wohlverdienten Ruhekissen.
Den Gipfel erreicht sind wir begeistert,
Den Berg des Lebens erneut gemeistert.

[Sonett 21 - 2021]

Returning to San Francisco

Last night one of my old dreams returned.
It's about that hope that one happy day,
This crazy world will finally have learnt,
And I will fly back to San Francisco's bay.

A blooming shirt and sandals I will wear,
While roaming the streets of Haight Ashbury.
There will only be loving in the air,
Gently touched by a breeze from the sea.

Psychedelic music from all places
Makes folks dance on the soft grass in the park.
People of all ages, smiles on their faces,
Making love not war, when it's getting dark.

One day, Trans-Love-Airways will fly me there
And me wearing a flower in my hair.

Then I will cross the mighty Golden Gate,
Riding thru its huge arms made of red steel,
Lifting my mind up to an unknown state,
The engine's good vibrations, I will feel.

On that HD a young girl to me clings,
My granddaughter will then be joining me,
Got dressed in blue jeans and black leather wings,
A ride into freedom, we both agree.

When we return on a lovely warm night,
Rolling down those S.F. streets filled with love,
The cops will salute us, feeling alright,
Peace flying over us like a white dove.

One day, Trans-Love-Airways will fly me there
And me wearing a flower in my hair.

I know this may for ever be a dream,
But I am sure, I'm not the only one.
So let this dream boost our self-esteem,
To give us strength, till our work is done.
One day this world will live in peace;
We will respect each person here on earth;
Prejudice and hate finally will cease,
That is the life that mankind does deserve.
Fly our spirits! To that dock of the bay!
Let's fill our hearts with good vibrations!
May the sun rise and flowers bloom each day,
Let's build our world on these new foundations!
One day, Trans-Love-Airways will fly us there
And we wearing some flowers in our hair.

[Sonnet 28 - 2021]

Vogelflug

Manchmal möcht' ich wie ein Vogel fliegen,
Mit Federschwingen in die Lüfte geh'n,
So die Schwerkraft mühelos besiegen,
Und dann die ganze Welt von Oben seh'n.
Ich segelte über grüne Wälder
Und auch so manche saftige Weide,
Überquerte die bestellten Felder
Oder auch die strahlend pinke Heide.
Folgte der vielen Flüsse blauem Band,
Um in klaren Seen mich zu spiegeln,
Segelte entlang so manch' steiler Wand,
Heimwärts über roter Dächer Ziegeln.
Wer dies mit eig'nen Augen so geseh'n,
Der wird die Schönheit dieser Welt versteh'n.

[Sonett 33 - 2021]

Gartenteich

Zeit zum Rückzug an meinen Gartenteich,
Für kurze Zeit aus dieser Welt entrückt,
Ein Anblick fast dem Garten Eden gleich,
Des Dichters Aug' von der Natur verzückt.
Seerosenblüten, Goldfische kreisen,
Libellen tanzen wild im Sonnenlicht,
Zum Trinken gern kommen kleine Meisen,
Am Rand Kaulquappen zappeln dicht an dicht.
Wespen, mit Wassertropfen beladen,
Fliegen ein und aus ohne Rast und Ruh,
Spatzen stören kurz, sie wollen baden,
Der kleine Angler schaut gelassen zu.
Und ich? Ich sitze einfach nur ganz still,
Um zu genießen der Natur Idyll.

Dahinter breitet sich ein Teppich aus,
Strahlend gelb, von Funkien pink verziert,
Dazwischen ragt die Eibe steil heraus,
Als Leuchtturm hier die Malvenpracht fungiert.
Leise rauscht das Schilf in sanfter Brise,
Dichter Farn den Hügel in Grün versteckt,
Gänseblümchentupfer auf der Wiese,
Der Boden mit wilden Erdbeer'n bedeckt.
Schmetterlinge breiten die Flügel aus,
Von Blüte zu Blüte schweben Bienen,
Grün-weiß im Hintergrund das Gartenhaus,
Aus blauem Himmel sonnenbeschienen.
Und ich? Ich sitze still am Gartenteich,
Erfreue mich am Tier- und Pflanzenreich.

[Sonett 29 - 2021]

British Seaside Tea

The sun is shining, get into the car,
Let's find a car park with view to the sea,
The way to the coast is never too far,
Wherever your home in Britain may be.
Having arrived at the Cliffs of Dover,
Get out the biscuits, the flask with hot tea,
Unfold the chairs right next to the Rover,
Enjoy the fresh air and the rolling sea.
Then a short nap in the afternoon sun,
Followed, perhaps, by another hot cup,
These are the days that are second to none.
Too soon it is time and we must get up.
On the way home, a thought comes to my mind,
Let's stop for Fish'n'Chips and a fresh pint.

[Sonnet 41 - 2021]

Schau ganz genau

Schau in diese regen kleinen Augen,
Wie sie ihre Welt genau taxieren,
Wie sie Bilder permanent aufsaugen
Und dann freudig strahlend jubilieren.
Schau wie sie entdecken mit den Händen,
Wie sie immer wieder fühlen, tasten,
Wie sie das Erreichte dreh'n und wenden,
Wie sie forschen ohne je zu rasten.
Schau dir an die süßen kleinen Zehen,
Klammern noch und stehen auf den Spitzen,
Werden bald die ersten Schritte gehen,
Um schon kurz darauf nur noch zu flitzen.
Schau ganz genau, ein Wunder der Natur.
Drum schütze sie, die kleine Kreatur.

[Sonett 31 - 2021]

Autumn

Summer is departing, autumn calling,
Leaves shining red like being on fire,
Not long and the first ones will be falling,
But right now, a picture we should admire.
Some birds are still singing in the pear tree,
I watch the wild flight of a dragonfly,
A butterfly sunbathing on my knee,
Overhead, southbound, cranes are passing by.
The afternoon sun still warming my face
Millions of mosquitoes dance in its light,
Tranquillity, removed from time and space,
My heart calmly pumping in sheer delight.
When the curtain falls at the end of day,
I know, each season shines in its own way.

[Sonnet 44 - 2021]

Die kleinen Dinge

Wollte schnell mal nur ein Bild anbringen,
Nagel krumm, Daumen blau, oh das tat weh,
Ein kleiner Job, wollte nicht gelingen,
Doch dann kamst du mit einer Tasse Tee.
Das Rasenmähen wurde höchste Zeit,
Das Kabel überseh'n und schon war Schluss,
Instandsetzung gefühlte Ewigkeit,
Doch dann kamst du und gabst mir einen Kuss.
Wollte schnell mein Zimmer mal aufräumen,
Doch immer neues Chaos ich nur fand,
Kochte und begann vor Wut zu schäumen,
Doch dann kamst du und gabst mir deine Hand.
Es sind die kleinen Gesten oft im Leben,
Die unsere Stimmung wieder heben.

[Sonett 61 - 2022]

Waiting for Spring

January, I am tired of you,
Your short days so depressing, dark and wet.
And February, too, makes me feel blue,
Its changing weather is always a threat.
I wait for the winter to retire,
To disappear into its stone-cold tomb.
Then spring will arrive and light my fire,
When nature wakes up, life starting to bloom.
The birds will happily sing like a choir,
From blossom to blossom, insects will fly,
In my garden, all that I'll admire,
Enjoying a sunny, white and blue sky.
This pleasant anticipation I need,
'Cause for the joy to come, it is the seed.

[Sonnet 53 - 2022]

Monument Valley

Ein graues Band, ohne jedes Ende,
Geteilt durch einer schmalen Linie weiß,
Zweigeteilt das unwirklich' Gelände,
Es brennt die Sonne, der Asphalt ist heiß.
Nur schroffer, roter Fels gen Himmel strebt
Und rundherum herrscht Stille absolut.
Zu glauben schwer, dass diese Wüste lebt,
Geformt aus Sand und Stein und Sonnenglut.
Und doch hat diese Welt uns fasziniert,
Im Sattel unserer Harley sitzend,
Hat sie des Glücks Hormone generiert,
Gnadenlos des Alltags Last ausschwitzend.
Freiheit ganz hautnah wir so verspürten,
Als hierher die Harleys uns entführten.

[Sonett 66 - 2022]

Cocoa Beach

Colorful dots from an arial view,
Some orderly in line, some wildly spread,
Underneath sit people like me and you,
Protected from the sun or we might regret.
Out on the sea, pelicans dive for fish,
Shooting down like a kamikaze plane,
Some dolphins hunting for the same cold dish,
Seagulls, hoping to share, mostly in vain.
In between surfers wait for the right wave,
Swimmers all ages dive in when they break.
Others just watch, being not quite that brave,
Or collect shells, memories home they'll take.
I relax and enjoy this lively play
From the sunrise to the end of the day.

[Sonnet 64 - 2022]

Kleiner Stein

Ich habe etwas Verrücktes gemacht,
Einen Stein ins Wasser fallen lassen,
Hatte die Folgen jedoch nicht bedacht,
Die Wirkung war daher kaum zu fassen.
Zu Beginn erst nur ganz kleine Kreise.
Sie schienen kaum etwas auszurichten,
Zogen Ringe, langsam und ganz leise,
Begannen sich stetig zu verdichten.
Doch plötzlich rasant vermehrten sie sich,
Schnell wie eine entfesselte Zelle,
Das Wasser einem Hexenkessel glich,
Wurden zu einer Tsunami-Welle.
Wir alle sind nur so ein kleiner Stein,
Doch können gemeinsam ein Felsen sein.

[Sonett 70 - 2022]

Getting Old

I must admit, I'm slowly getting old.
My hair is changing to some shades of grey,
The head not yet turned into shiny bald,
But age is sadly heading down that way.
Each morning getting out of the warm bed,
I feel my knees and even more my back,
Sometimes the fingertips seem kind of dead,
It takes, to get the body back on track.
The bathroom mirror, too, is merciless.
These can't be crow's feet, all these darkish lines?
This morning view can surely cause distress,
I'm getting old, these are the doubtless signs.
But one thing will not change until I die,
That is my spirit, flying always high.

[Sonnet 71 - 2022]

Hoffnung

Das letzte Blatt ist nun abgerissen,
Der alte Kalender abgelaufen,
Sehr vieles werde ich nicht vermissen,
Will das neue Jahr mit Hoffnung taufen.
Werden brauchen viel Einsicht und Vernunft,
Um Kriege und Leiden zu beenden.
Wie wir gestalten unsere Zukunft,
Liegt ganz allein in unseren Händen.
Doch gibt es auch Gutes zu berichten.
Uns're Liebe, viel hat sie gegeben,
Schrieb viele schöne neue Geschichten
In das Buch von unser zweier Leben.
So starten wir das Jahr frohen Mutes,
Bring' es Frieden, werde es ein Gutes.

[Sonett 80 - 2023]

A Typical November Day

All colours seem to have vanished today,
Rain is falling, creating a thin vail,
Most of the sky covered in shady grey,
Setting the scene for a Dark Ages tale.
Faceless people hurrying down the street,
Heading for shelter from the ghastly storm,
Wrapped themselves up from their heads to the feet,
Trying to stay dry and a little warm.
But over the water there is some light,
Creating of colour a hazy arc,
The elements of nature in a fight,
Battling for victory, light against dark.
So don't be afraid and just remember,
It's a typical day in November.

[Sonnet 76 - 2022]

Muttertag

Neun Monate hast du mir gegeben,
Übelkeit und mein Gewicht gemeistert,
Mit Schmerzen schicktest du mich ins Leben,
Warst von meinem ersten Schrei begeistert.
Gefallen - hast mich stets aufgehoben,
Weggepustet hast du alle Schmerzen,
Mich umsorgt mit Zärtlichkeit und Loben,
Liebst mich bis heute von ganzem Herzen.
Schwere Hausaufgaben mit mir gemacht,
Manch' Prüfung gemeinsam durchlitten,
Enttäuschungen auch mal kurz weggelacht,
Musste dich niemals um Hilfe bitten.
Durch dich steh' ich nun auf eignen Füßen,
In Dankbarkeit diese Worte grüßen.

[Sonett 87 - 2023]

Sharing Eternity

Well, I paused on that wooden bench again,
In memory some words carved into it,
Reminder, this man's life hadn't been in vain,
Like anyone's who may take time to sit.

I imagine he shares some time with me.
Enjoying the peace and beautiful view,
The beach and the seemingly endless sea,
The same way as I always love to do.

Some people passing by, saying Hello.
We return their greetings with a bright smile.
Life can be so easy when running slow,
I decide to stay for another while.

And I hope that one day someone joins me,
Sharing moments of my eternity.

[Sonnet 88 - 2023]

Kühlungsborn im Februar

Der Wind weht rau über den Ostseestrand,
Die Möwen wild durch die Lüfte geweht,
Wellen brechen und versickern im Sand,
Das Pier trotzig der Brandung widersteht.
Uns're Körper geneigt gegen den Wind,
Die Kragen hoch, Mützen tief im Gesicht,
Auf dem Weg nach Kühlungsborn West wir sind,
Auf der Promenade, eng dicht an dicht.
Der Weg zurück führt uns über den Strand,
Entspannung der Sand und der Wellenschlag,
Entlang der Grenze von Wasser und Land,
Das ist ein Leben, so wie ich es mag.
Und zum Schluss ein Mahl in der Brauerei,
So ein Tag geht dann viel zu schnell vorbei.

[Sonett 89 - 2023]

Cry of Life

In the night the waves started really slow.
Then I felt your soft hand squeezing my arm.
"Darling, we should get ready now and go.
But steady, we don't want to risk no harm."
Tension eased with you lying in a bed.
Despite the pain you showed a little smile.
I saw the pearls of sweat on your forehead.
But we both knew, you're on the final mile.
Time passed, the waves came quicker and stronger.
Your body was working with all it's might.
You sure couldn't take the pain much longer,
But then, at last, your face glowed all so bright.
The loud cry of life of a baby boy,
Releasing a huge stream of tears of joy.

[Sonnet 91 - 2023]

Stille am Fluss

Ich liebe die Stille unten am Fluss,
Abseits von Menschentrauben und Verkehr,
Neu entstehend aus zweier Flüsse Kuss,
Strömt dieser unaufhaltsam hin zum Meer.
Zwei Schwäne treiben still vorbei an mir.
Sie wirken wie ein frisch verliebtes Paar,
Lassen mich träumen von Stunden mit dir,
Die wir teilen schon über vierzig Jahr.
Der dunkle Wald rauscht leise hinter mir.
Die Vögel zwitschern eine kleine Weise.
Sie klingt so wie ein Liebesgruß von dir.
Ich schicke ihn zu dir zurück - ganz leise.
Wie die Wasser unaufhaltsam fließen,
Will ich mein Leben mit dir genießen.

[Sonett 86 - 2023]

Old English Churchyard

Through an iron gate I enter this stage,
Then walk on a carpet made of soft grass,
Being taken back to a different age,
When those old headstones I silently pass.
The inscriptions worn out by wind and rain,
Still, I try to read the odd name and date,
Some access to the deceased I might gain,
Imagining their history and fate.
There is no sadness but peace in my heart.
Death is no horror but relief and peace.
I'll store this spirit before I depart,
Thus setting my body and mind at ease.
The eyes closed, I see my angel on guard,
When I walk through an old English churchyard.

[Sonnet 98 - 2023]

Dankbarkeit

Plötzlich saß die alte Frau neben mir
Und erzählte mir von ihrem Unglück.
Ich sah sie freundlich an und lauschte ihr,
Langsam kam ihr Lächeln wieder zurück.

Stumm stand der alte Mann am Straßenrand
Und blickte auf den endlosen Verkehr.
Ich lächelte und nahm ihn bei der Hand,
Schritt für Schritt drückte er sie etwas mehr.

Tränen rollten über Kinderwangen,
Der Weg zurück nach Hause schien verbaut.
Wir sind ein Stück zusammen gegangen
Und dann in strahlende Augen geschaut.

Gib von deiner Zeit nur ein kleines Stück
Und ernte einen Sack voll Lebensglück.

[Sonett 94 - 2023]

Sonntagmorgen

Schön ist es im Garten heut' zu sitzen,
Wenn die Morgensonne vom Himmel lacht,
Angenehm die Luft, kein Grund zu schwitzen,
Vor mir da strahlt die bunte Farbenpracht.
Insekten schwirren um den Gartenteich,
Die Spatzen zwitschern aufgeregt ganz wild,
Im Wind wiegt sich der Farn den Wellen gleich,
Welch Harmonie, welch friedlich schönes Bild.
Genüsslich trink ich meinen Morgentee,
Und träume in den Tag so vor mich hin,
Ich weiß sehr wohl, es klingt wie ein Klischee,
Doch dies scheint mir des Lebens wahrer Sinn.
Vergessen für jetzt die Alltagssorgen,
Dafür lieb ich ihn, den Sonntagmorgen.

[Sonett 95 - 2023]

52

Küste

Wo raues Wasser trifft auf weites Land,
Der Himmel sanft in Wellen übergeht,
Wo feiner Sand sich formt zum endlos Strand,
Da kann er gütlich dichten, der Poet.
Wo stets ein Wind dir um die Nase weht,
Möwen schreiend übers Wasser schweben,
Der Angler still und starr am Ufer steht,
Da lässts sich ruhig und friedlich leben.
Ach wie gerne fahr ich an die Küste
Würde vieles durchaus dafür geben,
Wenn ich sie nicht mehr verlassen müsste,
Könnte hier noch so viel mehr erleben.
Und wenn die Sonne dann im Meer versinkt
In Dichters Herz ein Freudenlied erklingt.

[Sonett 96 - 2023]

KAPITEL / CHAPTER 2

DIE TRÄNEN DES LEBENS

THE TEARS OF LIFE

Hindu Kush

Four-Thousand miles, that's really far away,
There is a country, little do we know,
It's threatening us, our politicians say,
Told our soldiers "Save your country - Go".
"Operation Enduring Freedom", named,
Start twenty years ago for a short stay.
No success so far it really claimed,
But millions of dollars melted away.
"Killed in action", hear mothers and wives,
Those dead strangers we can simply ignore,
No suffering in our daily lives,
No end in sight like all these years before.
In the Hindu Kush we defend the West?
No canny brain that nonsense will digest.

[Sonnet 5 - 2020]

Afghanistan

Siebentausend Kilometer entfernt,
Da liegt ein praktisch unbekanntes Land,
Das uns bedroht, so haben wir's gelernt,
Drum wurden Soldaten dorthin entsandt.
„Operation andauernder Frieden",
Schon 2001 hat sie begonnen.
Den Erfolg hat sie bis heut' vermieden,
Sehr viel Geld am Hindukusch zerronnen.
Viele Tote müssen wir beklagen.
Des Feindes Leichen stören jedoch nicht,
Das täglich' Leid wir ja nicht ertragen
Und auch ein Ende lange nicht in Sicht.
Deutschland am Hindukusch verteidigt wird?
Wer diesen Unsinn glaubt, gewaltig irrt.

[Sonett 4 - 2020]

Poet's Pain

In front of me lies empty a white sheet,
The sharpened pencil next to it does rest.
Oh how I wish that these two friends would meet,
And I could write those worries of my chest.
But all my thoughts are covered by a cloud,
Ideas hidden in thick milky mist,
My lonely heart is pumping hard and loud,
The brain, however, does not find the gist.
Letters refuse to form a single word,
And when they do, they don't make any sense.
All connotations seem to me absurd,
My longing for relief is so intense.
Those days, the poet stands in pouring rain,
Causing the writer unbearable pain.

[Sonnet 30 – 2021]

Protest

Es gab mal Zeiten in unserem Land,
Fast fünfzig Jahre seitdem vergangen,
Die Jugend zum Protest zusammenfand,
Um Gehör ganz Oben zu erlangen.
Die Kriege waren ihnen zu wider.
Zogen immer wieder durch die Straßen,
Die Staatsmacht knüppelte sie oft nieder,
Der Protest aber niemals abgeblasen.
Sie dachten mit und sie rebellierten.
Die Kriege bringen nichts als Leid und Tod,
Make love not war, alle laut skandierten,
Schwerter zu Pflugscharen, Napalm zu Brot.
Die Kriege blieben, Protest verstummte,
Was blieb, randalierende Vermummte.

Doch am Ende des Tunnels ist ein Licht,
Denn es leuchtet aus Schweden ein Mädchen,
Die ohne Umschweife zu allen spricht:
Unser Globus hängt am seid'nen Fädchen.

Die Welt kann einfach nicht länger warten.
Die Pole schmelzen, die Wälder brennen,
Es verschwindet die Vielfalt der Arten,
Mensch wird sie nur noch aus Büchern kennen.

Da schreit die Straße: Wir brauchen Protest!
Stoppt die Debatten, fangt an zu handeln,
Nutzt die Chance, die die Natur uns lässt;
Das Schicksal kann zum Guten sich wandeln.

Das ergibt am Ende nur einen Sinn:
Fridays for Future, und wir mitten drin.

[Sonett 6 - 2020]

Gute Vorsätze

Wenn wir heute die Natur betrachten,
Wetterdaten uns ins Auge springen,
Dürren wieder Feuersbrunst entfachten,
Wilde Wasser unser Haus verschlingen.
Da lehrt uns klar Professor Wissenschaft,
Des Treibhaus' Wert unmissverständlich zeigt,
Die Menschheit zeitnah wird dahingerafft;
Wir werden geh'n, der Erdball aber bleibt.
Schon steht der Mann mit Sense vor der Tür,
Die Zeit verrinnt mit jeder weit'ren Stund';
„Maßnahmen her ganz schnell, ich bin dafür",
Schallt es ganz laut aus vieler Leute Mund.
Endlich ist der Mensch Vernunft gesteuert
Und tut auch das, was er da laut beteuert.

Das Auto bleibt ab heute öfter steh'n,
Wir fahr'n zur Arbeit nur noch mit der Bahn.
Zum Urlaub wird es ohne Flieger geh'n,
Wir radeln ganz entspannt entlang der Lahn.

Auch beim Essen gilt nun neues Streben,
Der Fleischgenuss wird fast auf null gesetzt;
Schwein und Kuh, sie sollen glücklich leben;
Auf meinem Grillrost Tofu sie ersetzt.

Und auch mein Garten blüht jetzt richtig auf,
Ein Reich für wilde Kräuter und Getier.
Mutter Natur hat völlig freien Lauf,
So rette ich die Welt nun auch bei mir.

Endlich ist der Mensch Vernunft gesteuert
Und tut auch das, was er da laut beteuert.

Am nächsten Morgen schreckt der Regenguss;
Zum Bahnhof ist der Weg dann doch gar weit,
Und weil ich jetzt genau zur Arbeit muss,
Steig' ich ins Auto, tut mir wirklich leid.
Die Sonne strahlt vom Himmel ach so blau,
Der Nachbar lädt zum Bier und Grillen ein,
Sie ist doch sowieso schon tot, die Sau,
Ein letztes Mal kann doch so schlimm nicht sein.
Ein Blick in meinen Garten mir verrät,
Zu viel Natur trübt meine freie Zeit;
Wildkraut sich völlig ungeniert aussäht
Und Ungeziefer macht sich schamlos breit.
Selten ist der Mensch Vernunft gesteuert,
Wenn er dies auch noch so oft beteuert.

[Sonett 7 - 2020]

Spitting Hell's Fire

The Gods are spitting hell's fire tonight;
The crust of the globe is slowly breaking,
Skies glowing like a dark red candle light,
Peaks of the mountains violently shaking.

The oceans are rolling in giant waves,
Rivers flooding deserts and fertile land,
The heroes are leaving their ancient graves,
On Titanic still plays the ballroom band.

They all join the last of mankind's parade,
Still blaming each other for obstruction,
On their shoulders the gravedigger's spade,
Walking into the eve of destruction.

Mother nature is now taking control,
No survival for any human soul.

It was loud, the tiger's desperate roar,
Hundreds of whales washed up on every beach,
A last sad tear drop of the mourning boar,
For man and beast, clean water out of reach.
The useless pain we caused those trees we cut,
The pesticides we sprayed on every single field,
Insects' death, took away their habitat,
All the plants had lost their protective shield.
When all the birds were falling from the sky,
Couldn't we really neither hear nor see?
We had the answers to every single Why,
Now mother earth is on a killing spree.
The Gods are spitting hell's fire tonight,
But man will not see the horizon's light.

[Sonnet 8 - 2021]

65

The Scales

Guess, this again is gonna be one of those days,
Already in the bathroom I must recognize,
What the scales without any doubt and pity says,
Eating all that chocolate bars was not really wise.
Merciless my guilty conscience keeps warning,
Reminding me, "That is the last hole on your belt".
So a diet pops up on this morning's dawning,
In order to make sure the new pounds start to melt.
Sorry, this weakness and failure isn't new to me,
My mind is clear, the stomach keeps ignoring,
Knows no limitation, nor the word calorie,
It is a tough life, when your sweet tooth keeps
storing.
It will be hard times, me often being annoyed,
But promised, gluttony, in future, I will avoid.

[Sonnet 17 - 2021]

Die Waage

Heute wird wohl wieder einer dieser Tage,
Bereits im Bad wird ohne Zweifel leider klar,
Da zeigt mir ganz ohne Gnade meine Waage,
Wie effektiv die letzte Schokolade war.
Erbarmungslos quält mich mein schlechtes
Gewissen,
Die Botschaft ganz klar: den Gürtel enger schnallen.
Wir werden mal wieder Diät halten müssen,
Damit die Pfunde möglichst schnell wieder fallen.
Es ist nicht neu, diese Schwäche, dies Versagen,
Der Geist ist oft willig, der Magen ist gierig,
Er meint zu oft, er könnte viel mehr vertragen,
Mein süßer Zahn, er macht das Leben so schwierig.
Nun werden wir wieder ein paar Wochen leiden,
Mit dem Vorsatz, dies in Zukunft zu vermeiden.

[Sonett 16 - 2021]

Wealth

One percent of the globe's population,
Whether money, goods, other belongings,
Forty percent owns as private ration,
Guardians of wealth like the ancient kings.
Fifty-five is the figure, you understand,
That represents the great number of those,
Holding two percent of wealth in their hand,
As sufficient daily survival dose.
Six children are dead, a minute gone by,
Cruelly killed through lack of water and food,
Never got any medical supply.
Easily changed, with a new attitude.
But that doesn't make us sleep bad at night
With a fridge that kills our appetite.

[Sonnet 19 - 2021]

Reichtum

Nur ein Prozent der Menschen dieser Welt,
Ob Geld, ob Waren, ob and're Güter,
Vierzig Prozent in ihren Händen hält
Als des Reichtums einzig wahre Hüter.
Fünfundfünfzig ist die Zahl dagegen,
Die jene Menschen unter uns beschreibt,
Denen zwei Prozent des Wohlstands-Segen
Als genug für's täglich Überleben bleibt.
Kinder sterben alle zehn Sekunden,
Weil sie unter maßlos Hunger leiden.
Kleine Seelen, nie das Glück gefunden,
Als könnten wir das nicht leicht vermeiden.
Doch unser Gewissen kann's ertragen,
Denn es lebt sich gut mit vollem Magen.

[Sonett 18 - 2021]

Back on the Battlefield

Tank tracks are rattling through the streets again,
Sirens sounding, when warplanes in the sky.
Have we forgotten all that brutal pain?
Do millions of souls really have to die?
Soldiers nervous, waiting in the trenches,
Ready to fight, having loaded the gun,
Sitting freezing on moist wooden benches,
Hoping the foe will be the first to run.
In offices so comfortably warm,
Politicians just threaten and accuse,
Painting a picture of a firestorm,
The matchstick in the hand to light the fuse.
Are forgotten all those mothers crying,
When, on battlefields, their kids were dying?

[Sonnet 56 - 2022]

Gibt es Alternativen?

Gibt es noch Alternativen zum Krieg?
Muss er wirklich sein, der ewige Kampf?
Immer nur Niederlage oder Sieg?
Niemals Entspannung, immer wieder Krampf?
Gibt es Alternativen zum Töten?
Müssen Menschen immer wieder sterben?
Sind diese Qualen wirklich vonnöten?
Müssen wir die Erde rot einfärben?
Gibt es Alternativen zu dem Schmerz?
Müssen Mütter immer wieder weinen?
Wo versteckt sich der Nächstenliebe Herz?
Müssen die Klingen der Schwerter scheinen?
Ich kann sie sehen, die weißen Tauben,
Die Alternative - an sie glauben!

[Sonett 20 - 2022]

Hope

The world is covered in frost this morning,
Humanity hidden under thick ice,
A strong blizzard blowing at day's dawning,
And mankind will have to pay a high price.
The world is still turning, as I can feel,
But it is different yet from yesterday,
Blood covered strikes a blade of steel,
Into our hearts it forces its way.
That deadly button was finally pushed,
Starting the wheel of destruction to turn,
The dove of peace was merciless ambushed,
In the grey skies the hawks make their return.
But I won't give up hope in this dark night
That tomorrow love will shine a bright light.

[Sonnet 59 - 2022]

Wir hatten eine Wahl

Sturm treibt Regen gegen meine Scheiben,
Die Welt erscheint so dunkel und so kalt,
Den Stift zur Hand, fange an zu schreiben
Über Natur, entfesselte Gewalt.
Kleine Bäche treten über Ufer,
Verschlingen gnadenlos selbst Mensch und Tier,
In der Wüste längst verstummt der einsam' Rufer,
Warnte früh vor den Folgen uns'rer Gier.
Wassermassen bahnen sich den Lauf,
Aus Ackerfeldern werden große Seen.
Not und Elend nimmt die Natur in Kauf,
Kein Menschenwerk kann ihr noch widersteh'n.
Wir hatten eine Wahl für lange Zeit,
Das scheint vorbei und wir dem Tod geweiht.

Sonne durch meine Fenster heute lacht,
Freude könnt' sie in die Herzen bringen,
Doch hat sie eine Feuersbrunst entfacht,
Und versucht uns in die Knie zu zwingen.
Lange Dürren, Staub und Hitzewellen,
Einst grünendes Land jetzt brauner Boden,
Trocken Wasserläufe, deren Quellen,
Wilde Brände uns're Wälder roden.
Die Wüsten rauben täglich fruchtbar Land,
Sie treiben Menschenmassen vor sich her,
Keine Oase mehr für sie sich fand,
Letzter Ausweg, Flucht über's weite Meer.
Wir hatten eine Wahl für lange Zeit,
Das scheint vorbei und wir dem Tod geweiht.

Es drückt mich Enge in meinem Zimmer,
Ich öffne das Fenster für Licht und Luft,
Da ist er, ein kleiner Hoffnungsschimmer,
Ich rieche der Gräser und Blumen Duft.
Zwei Libellen spielen Fangen am Teich,
Insekten und Vögel in großer Zahl,
Diese Natur, ihre Vielfalt so reich,
Erlöst mich kurz von meiner Geistesqual.
Die „Große Weite Welt" bleibt hier verbannt,
Ein Mikrokosmos, ungestörtes Glück,
Die Botschaft klar, von uns zu spät erkannt,
Schon lang verbaut der letzte Weg zurück.
Wir hatten eine Wahl für lange Zeit,
Das scheint vorbei und wir dem Tod geweiht.

[Sonett 37 - 2021]

Ein Schritt noch

Schweigend der alte Mann am Ufer steht,
Den Blick hinaus aufs weite raue Meer,
Das graue Haar zerzaust, vom Wind verweht,
Die Last auf seinen Schultern wiegt sehr schwer.

Acht Jahrzehnte diese Welt gelebt,
Der Geschichte Auf und Ab ertragen,
Der Boden hat des Öfteren gebebt,
Wenig Antworten, doch viele Fragen.

Menschen müssen so viel Leid ertragen,
Meist völlig überflüssig ihre Not,
Böse Geister seine Träume plagen,
Darin sitzt er bereits in Charons Boot.

Jetzt braucht es nur den einen kleinen Schritt
Und eine Welle nähme ihn dann mit.

Radikal war er in jungen Jahren,
Hat sich beherzt politisch engagiert,
Ist zur Demo mit Plakat gefahren,
Hat Marx und Hegel nächtelang studiert.

Ruhiger wurde er im Mittelalter,
Suchte Wege hin zum Wohl von Kindern,
Wirkte ehrenamtlich als Gestalter,
Radikalität schien Nichts zu lindern.

Im Alter kam zurück die alte Wut,
All die Reden ohne Konsequenzen,
Entfachte im Herzen erneut die Glut,
Brannte weg die aufgezwung'nen Grenzen.

Jetzt fehlt nur noch der eine kleine Schritt
Und eine Welle nähme ihn dann mit.

Die Füße im nassen Sand versinken,
Feuchte langsam durch seine Kleidung kriecht,
Am Horizont scheint ein Licht zu winken,
Der braune Seetang leicht vermodert riecht.
„Vieles gab's zu tun, ich hab's vermieden.
Diskussionen lang, graue Theorie,
Kompromisse, falscher Seelenfrieden
Statt Paukenschlag 'ne sanfte Melodie.
Doch halt, die Medaille lässt sich drehen,
Genau betrachtet die Bilanz doch zeigt,
Man sollte nicht nur seine Schwächen sehen,
Die Waage sich zum Positiven neigt."
Sodann geht er zurück, nur einen Schritt,
Die Welle kommt, doch nimmt sie ihn nicht mit.

[Sonett 45 - 2021]

Der Tod muss warten

Todesanzeigen heute gelesen,
Des Lebens Ende - schwer zu verstehen,
Mein Leben ist längst noch nicht gewesen,
Hab' noch vieles vor, kann noch nicht gehen.
Sie erzählen gern vom Garten Eden,
Einem Ort, wo Milch und Honig fließen,
Ich hege Zweifel an ihren Reden,
Noch mag ich mein Leben hier genießen.
Vieles kann ich sicherlich noch geben,
Die Liste lang, noch einiges zu tun,
Möchte daher noch ein Weilchen leben
Und kann noch lange nicht auf ewig ruh'n.
Gevatter Tod, gib mir noch ein bisschen Zeit,
Bevor ich geh' in die Unendlichkeit.

[Sonett 39 - 2021]

Grandma's Farewell

Your eyes are looking through a dark black veil
Towards a shining horizon far away.
Approaching a ship with a Christian sail,
Passing through a colourful bright archway.
You were raised in a village quite remote,
Playing in the street, working on the field.
That ferocious war didn't cut your throat,
Found the handsome man, who to you appealed.
The family always your first concern,
Three lovely girls brought up with mother's pride,
Not expecting gratitude in return,
Always being an altruistic guide.
On the way home now, as you long prayed for,
Up yonder, walking through your heaven's door.

[Sonnet 57 - 2022]

Omas Abschied

Fast erreicht des langen Weges Ende,
Langsam verhüllt ein Schleier das Gesicht,
Zum Gebet gekreuzt die alten Hände,
Am Horizont ein leuchtend weißes Licht.
Über neunzig Jahr' ins Land gezogen,
Auf Feld und Wiesen die Kindheit verbracht,
Vom Krieg um deine Jugend betrogen,
Dann hat die Liebe fürs Leben gelacht.
Drei Kinder mit Liebe großgezogen,
Stets in Sorge um der Familie Glück,
Bei Sturm oft geglättet hohe Wogen,
Nie erwartet, man gäbe dir zurück.
Erhört hat der Herrgott nun dein Gebet,
Das große Tor zum Himmel offen steht.

[Sonett 58 - 2022]

Greed

My throat is dry, the thirst is hard to bear,
You offer me a sip out of your cup,
But not your clear water, I want to share,
I demand some champagne to cheer me up.
I feel like starving, the hunger burning,
You kindly offer to break bread with me,
But that is not for what I am yearning,
Caviar and steak my relief would be.
The night is dark and it is freezing cold,
Seeing me, you offer to cut your coat,
But I want a cloak with buttons of gold,
Made of the soft wool of a cashmere goat.
Thus, one day you'll be reading on his grave:
Here lies a poor man, who died as greed's slave.

[Sonnet 73 - 2022]

Die Frage

Stumm blicke ich hinauf zum Firmament,
Schier unendlich scheint die Zahl der Sterne,
Mir eine Frage auf der Seele brennt,
Liegt eine Antwort dort in der Ferne?
Unsere Welt im All erscheint so klein,
Im weiten Raum eine blaue Oase,
Inmitten von all dem toten Gestein,
Treiben wir wie eine Seifenblase.
Ein Produkt sind wir des Zufalls Launen,
Zwar können wir versuchen zu versteh'n,
Doch bleibt am Ende stets nur ein Staunen,
Zu wenig vom Ganzen wir wirklich seh'n.
So bleibt die Frage, wer ich wirklich bin,
Ergibt mein Sein am Ende einen Sinn?

[Sonett 42 - 2021]

The Devil's Offer

The Devil made me an offer last night,
About a beautiful life ahead of me,
If I was willing to join the great fight,
Until he's achieved his next victory.
He told me there wasn't that much to do,
I pick up the gun and pull the trigger,
And I needn't know, who is killing who,
All it takes, one finger full of vigour.
No matter whether I'm dead or alive,
I will be called a hero of my land,
They will be proud, my children and my wife,
Whether me being home or in God's hand.
But with every word my doubts grew bigger,
Can there be good in pulling the trigger?

The Devil made me an offer last night,
I could serve justice and bring this world peace,
Wearing his armour, becoming his knight,
I could stop war, get the fire to cease.

So I joined this brave brotherhood in arms,
Went to the battlefield, killed and destroyed,
Soldiers and tanks, also children and farms,
All I believed in seemed suddenly void.

Where had the love gone, I once possessed?
How could I bear that suffering and pain?
Was there a heart still beating in my chest?
There was nothing to lose, nothing to gain.

And with every day my doubts grew bigger,
Can there be good in pulling the trigger?

The Devil made me an offer last night,
If I still believed and stayed strong in mind,
My death would be rewarded with God's light,
Eternal freedom and peace I could find.
Then one day, a red line drawn in the snow,
It was the blood running from my head,
I was resting in the arm of the foe,
And I was sure, very soon I'd be dead.
But he asked me: "Let us beat the Devil.
Let us be brothers, as we really are.
Let us love each other, let us revel,
Let the scars be our aide-mémoire."
And with every thought my doubts grew bigger,
There is no good in pulling the trigger.

[Sonnet 62 - 2022]

Schuldig

In den Straßen rollen wieder Ketten,
Sirenen heulen bei Tag und bei Nacht,
Panik regiert in Dörfern und Städten,
Über dem Kopf schwebt die tödliche Fracht.
Autos, Häuser und Fabriken brennen,
Wohnblocks stürzen wie Kartenhäuser ein,
Und Menschen, die um ihr Leben rennen,
Alles Hab und Gut bleibt zurück allein.
Niemand fragte sie, ob Krieg sie wollen,
Die Menschen auf beiden Seiten der Front.
Ein Befehl nur, der Stein kam ins Rollen,
Und blutrot färbte sich der Horizont.
Keine achtzig Jahre und wieder Krieg,
Da wird jeder schuldig, der dazu schwieg.

[Sonett 74 - 2022]

Universal Soldiers

I saw two children running down the street,
They were holding hands and screaming like hell,
Dirty pants, torn shirts, no shoes on their feet,
When, like a cut down tree, one of them fell.

I saw a man with a gun in his hand,
Smoke still rising from the shiny barrel,
Camouflage uniform from any land,
Covered his face, looking all so feral.

I saw a woman crouching on her knees,
In just one second her heart torn apart,
The blood in her veins was about to freeze,
'Cause another loved one did just depart.

Universal soldiers, when will you learn?
This pain will never earn peace in return.

[Sonnet 69 - 2022]

Noch eine Frage

Immer wieder quält mich eine Frage,
Zwar ändert sie fast täglich ihr Gesicht,
Unverändert bleibt jedoch die Klage,
Geschichte stellt uns alle vor Gericht.
Der Mensch des Menschen Wolf sei, sagen sie,
Das Paradies, so scheint's, ein ferner Traum,
Die Nächstenliebe, graue Theorie,
Für Frieden gibt es weder Zeit noch Raum.
Soldaten senden wir in uns're Welt,
Suchen den Frieden fast nur mit Waffen,
Böse Absicht stets and'ren unterstellt,
Der Tod soll so Verständigung schaffen.
Brauchen wir stets Verlierer und Sieger?
Woran scheitert die Welt ohne Krieger?

[Sonett 43 - 2021]

Just another Day

Darja is getting ready for the night,
Little Ana already fast asleep,
Jury preparing for another flight,
Then rising into the sky, fast and steep.

Darja is dreaming of the Promised Land,
Holding her daughter close by her side.
Jury holds the joystick tight in his hand,
Executing the order full of pride.

The button is pushed, the beast released,
Undetected cruising through the dark night,
Minutes later mother and child deceased,
The pilot cheered like a glorious knight.

And in the east rises the morning sun,
Travelling west until the day is done.

[Sonnet 84 - 2023]

Waffen! Waffen!

Die Anfangseuphorie wie immer groß,
Für das Vaterland und Demokratie,
Jetzt ruht er in dessen blutigen Schoß,
Die Asche in der Urne wählet nie.
Die Mutter trauert um ihren Sohn,
Tot für Freiheit, er wird sie nie sehen,
Zum Helden erklärt der einzige Lohn,
Ungehört bleibt der Trauernden Flehen.
Die oben schreien nur: „Waffen! Waffen!"
Und wir liefern den Tod so wie bestellt,
„Ihr Siegeswille darf niemals erschlaffen,
Sie kämpfen für uns und unsere Welt."
Doch nein! Für mich soll niemand mehr sterben,
Statt Krieg will ich Frieden einst vererben.

[Sonett 81 - 2023]

Noah's Rainbow

The prophet is resting in his old chair,
Long dark lines cut through his forehead and cheeks,
From white to grey long ago changed his hair,
His words no more to be heard, when he speaks.
He's been warning us for so many years:
They are limited, the earth's resources.
One future day, they won't help - mankind's tears,
When we all will drown in nature's forces.
But we ransack this world day after day,
Seeing it coming, this planet's last eve.
Uncapable to change this deadly way,
In last minute miracles we believe.
This way the floods will rise out of the rain
And Noah will see the rainbow again.

[Sonnet 97 - 2023]

Griechisches Götterdrama

Nimm diesen Brief Hermes und eile dann,
Stell ihn zu an Zeus, den Göttervater.
Ich möchte endlich wissen, wer ersann
Aktuell sein griechisches Theater.

Ares ist derzeit der Hauptdarsteller.
Er füllt zu jeder Stunde Cherons Boot.
Dieser quert den Styx nun immer schneller,
Selbst Hades stöhnt bei so viel Seelennot.

Die Frauenrolle Eris inne hat,
Sie säet Hass und Zwietracht in die Welt.
Auch ihre Tochter Ate, niemals satt,
Hilft gerne, wenn das Schlachtfeld wird bestellt.

Uranos denn, die Frage ist gestellt:
Ist dieses Drama wirklich deine Welt?

Aiolos lass den Winden freien Lauf,
Dass sie all den Hass wegfegen.
Poseidon reiß der Meere Pforten auf,
Spüle uns zu Aphrodites Wegen.
Apollon bring dein Licht in diese Welt,
Die Dunkelheit vor Dike dann entflieht.
Und durch Athena wird uns Geist erhellt,
Damit durch Chronos neue Zeit einzieht.
Demeter rückt dann an Ares Stelle,
Nicht Ate, Minervas Kunst bringt Glück.
Eros wird statt Kriegslust unsre Quelle,
Eirene führt zum Höhepunkt vom Stück.
Und wird die Frage mir einstmals gestellt:
Dies ist die Vorstellung von meiner Welt.

[Sonett 78 - 2022]

Aus Ruinen wird die Freiheit steigen

Die eine wahre Lösung lautet Krieg.
Das Töten und das Sterben müssen sein.
Dem Untergang entgeht man nur durch Sieg.
Und Blut verwandelt sich in süßen Wein.
Ob Verletzte, Krüppel oder Leichen,
Sie alle müssen durch die Hölle geh'n,
Keinem Zweifel darf der Wille weichen,
Damit am Ende sie den Himmel seh'n.
Bleibt stets tapfer all ihr kleinen Waisen,
Witwen tröstet ohne Angst zu zeigen,
Duldet der Zerstörung breite Schneisen,
Aus Ruinen wird die Freiheit steigen.
Welchem Geist fallen solch' Parolen ein?
Wie zynisch können doch wir Menschen sein!

[Sonett 85 - 2023]

Northern Skies

Today I'll wash and rub off all that dirt.
"My little girl, what's on your childish mind?"
"I'm gonna wash and wear my nicest skirt."
"But there's no dress nor water you could find."
When I got up, I was in a good mood.
"What makes you smile, my little darling boy?"
"I'm gonna play, but first I have some food."
"But we ain't got no rice and you no toy."
Jumped out of bed with the first morning light.
"Why up so early, I ask you my dear?"
"Today I'm gonna learn to read and write?"
"But there ain't no schools anywhere out here."
"But mom, see those stars in the Northern Skies,
They'll guide us all straight into paradise."

[Sonnet 93 - 2023]

10. September 2023

Obwohl die Sonne lacht am Ostseestrand
Will keine Ruhe geben mein Verstand.
Auch wenn ich friedlich hier im Sande lieg',
Seh' ich die Menschen sterben dort im Krieg.
Statt gemeinsam auf der Krim zu baden,
Werden Waffen immer neu geladen.
Statt sich zu lieben auf dem warmen Sand,
Sie töten sich fürs liebe Vaterland.
Statt als Nachbarn Seit an Seit zu wohnen,
Nur Zerstörung durch die Last von Drohnen.
Statt zu suchen nach der Qualen Ende,
Kampf um Zentimeter im Gelände.
Statt am Strand das Leben zu genießen,
Sinnlos weiter neues Blutvergießen.

[Sonett 101 - 2023]

KAPITEL / CHAPTER 3

LIEBE & EMOTIONEN

LOVE & EMOTION

Hold my Hand

May I ask, would you like to hold my hand?
Please let us walk together for a while,
Our bare feet enjoy the soothing sand,
While my true eyes meet yours and make you smile.
On this chilly evening of a summer day
Your warm breath sends a shiver down my spine,
Touching your skin, my thoughts will drift away,
Until your heartbeat shall unite with mine.
A gentle wave will take me off the beach,
Rising, breaking, then drown me with a kiss.
The well of love I finally thus reach,
Back to the pure headwaters of the bliss.
Then I would love to hold your hand once more,
Because it holds the key to your love's door.

[Sonnet 12 - 2021]

100

Gib mir deine Hand

Ich bitte dich, so gib mir deine Hand,
Gemeinsam wollen wir ein Stückchen geh'n.
Beim Sonnenuntergang entlang am Strand
Will ich dir tief in deine Augen seh'n.
Ich möchte deinen warmen Atem spür'n
In der frischen Sommerabendkühle,
Dann lass mich dich von Kopf bis Fuß berühr'n,
Bis dass ich deinen Herzschlag in mir fühle.
Fortgespült werd' ich von einer Welle,
Bis schließlich diese Woge mich verschlingt,
Mich hinabzieht zu der Liebe Quelle,
Aus der Glückseligkeit erneut entspringt.
Dann gib mir bitte wieder deine Hand,
Als unser beider Glückes Unterpfand.

[Sonett 11 - 2021]

Love is Art

Do you still see that love spark in my eye,
That started the fire so long ago?
Do I still lift you up into the sky,
Where we can dream under a huge rainbow?
Do you still find peace lying next to me,
Before a kiss will end another day?
Do you enjoy our morning cup of tea,
Though no longer served on a shiny tray?
Do you still hear the words I do not say,
That tell you loud, how much I feel for you?
Can you still read my mind as on display,
Without me giving you the slightest clue?
I know the answers deep down in my heart:
Your love is truly a great piece of art.

[Sonnet 26 - 2021]

Worte

Schöne Worte können so viel sagen,
Von der Liebe zeugen in Gedichten,
Sie erzählen uns von guten Tagen
Und vereinen sich zu Traumgeschichten.
Sie spenden uns Trost in harten Zeiten;
Sie spornen an, wenn wir verzweifelt sind;
Sie können viel Freude uns bereiten
Und frischer sein als eine Brise Wind.
Doch hüte dich vor unbedachtem Wort;
Es hat die Macht Träume zu zerstören;
Gesagt zur falschen Zeit am falschen Ort,
Kann es Herz und Seele schnell empören.
Darum habe acht, du kannst auch schweigen,
Und ohne Worte Gefühle zeigen.

[Sonett 27 -2021]

Baby Erik

Hello, I'm baby Erik lovely world,
And with one loud cry I am greeting thee,
As ordered, healthy boy, hair not yet curled
Forget "we two", from now it is "us three".

And as long as I'm lacking all those words,
Crying will often put mom to the test;
That feeling thirst and hunger really hurts,
So it is time to feed me on your breast.

Me kicking shall invite you "Come and play",
There is no time for other things to do,
Forever in that bathtub I could stay,
And then a nap, some rest for me and you.

And should you two falter once in a while,
I will reward you with my sweetest smile.

[Sonnet 15 - 2021]

[This poem is dedicated to my grandson.]

Erik

Hallo, ich bin es, Erik, schöne Welt,
So grüß ich euch mit einem lauten Schrei,
Ich bin jetzt da, so wie von euch bestellt,
Aus eurer Zwei wird endlich unsere Drei.

Und solange mir die Worte fehlen,
Beschreibt traurig Weinen meinen Willen,
Wenn dann Durst und Hunger mich arg quälen,
Wisst ihr, es ist höchste Zeit zum Stillen.

Strampeln will zum Spielen euch einladen
Für and're Jobs bleibt derzeit keine Ruh';
Danach freu ich mich bereits auf's Baden
Und mache dann vielleicht die Äuglein zu.

Und solltet ihr beide doch mal schwächeln,
Stütz' ich euch mit meinem süßen Lächeln.

[Sonett 14 - 2021]

[Dieses Gedicht ist meinem Enkel gewidmet.]

Confession

This poem certainly is overdue,
As 50 years together have gone by.
I must confess my endless love to you,
I'll take the poet's pencil and will try.
You live the oath, we made at our wedding,
Forty years and more closely by my side,
It doesn't matter where my feet are heading,
Should I get lost, you'll always be my guide.
You give me so much strength holding my hand,
Regardless if the path is smooth or rough,
The taken road intended or unplanned.
Whenever needed you can be so tough.
For all of that this poem says thank you,
And I confess, I truly love you too.

Sometimes the sky above is darkish grey,
And sure, we've been in stormy weather,
But at your side I always find a way,
All challenges we master brave together.
I cherish those days, I'm sitting next to you,
We talk without saying a single word,
Your smile is so warm and always so true,
It is just one look, but my thoughts are heard.
I'm not afraid of our future life,
Our path being straight or sometimes turning,
We'll walk united as husband and wife,
'Cause the fire of love will keep on burning.
For all of that this poem says thank you,
And I confess, I truly love you too.

[Sonnet 22 - 2021]

The End of a Relationship

A sailing ship is drifting on wild sea,
The deck deserted, not a single hand,
Unknown to me her final destiny,
Nor whether she might ever find some land.
The ghostly helmsman's eyes are dead and blind,
The ship exposed to ruthless beating waves,
A harbour, safe, one day I hope she'll find,
Before she reaches the lost vessels' graves.
All day the elements and she do fight,
The planks are cracked, the once proud sails are torn,
No peace until the light fades into night,
Of all those roses left just one hard thorn.
When then the sea claims victory at last,
I see my name as carving on her mast.

[Sonnet 32 - 2021]

Nicht jeder Tag

Nicht jeder Tag ist eitel Sonnenschein;
Nicht jede Stund' sind wir des Glückes Schmied;
Nicht jedes Wasser wandelt sich zu Wein;
Nicht jeder Ton ergibt ein klangvoll Lied.
Nicht jeden Berg werden wir erklimmen;
Nicht jeder Weg führt ins Gelobte Land;
Nicht jeden Fluss können wir durchschwimmen;
Nicht jedes Ufer strahlt aus weißem Sand.
Nicht jeder Himmel ist nur weiß und blau;
Nicht jede Nacht erhellt des Mondes Licht;
Nicht jeder Morgen grüßt mit frischem Tau;
Nicht jedes Wort entpuppt sich als Gedicht.
Unvollkommenheit ist keine Schande,
Denn sie stärkt nur uns're Liebesbande.

[Sonett 25 - 2021]

When It All Started

On October twenty, seventy-one,
That disco-night, I dared to take a chance,
I thought we two could really have some fun,
Invited you to our school class dance.
I was delighted when I heard your Yes,
And so excited on that very night,
You looked so beautiful in your short dress,
That night, I fell in love to my delight.
I guess, you kind of felt the same that day,
When our lips met for a first soft kiss,
Forever, I prayed, that moment should stay,
For the two of us only love and bliss.
Writing these lines, fifty years have gone by,
We are still in love, and stronger the tie.

[Sonnet 35 - 2021]

Lichtpunkt im November

Ein Schleier am Himmel, eintönig grau,
Kein Sonnenstrahl ihn zu durchdringen mag,
Die Luft ist kühl, der Wind bläst rau,
Leicht depressiv, so ein Novembertag.
Im Dunkel sitz ich im Arbeitszimmer,
Düstere Schatten gemalt an die Wand
Von der Schreibtischlampe schwachem Schimmer,
Bewegungslos ein Bleistift in der Hand.
Blockiert, so scheinen all die Gedanken,
Ein dichter Nebel umhüllt meinen Kopf,
Alles Bemühen endet an Schranken,
Die Kanäle verstopft mit einem Pfropf.
Doch plötzlich fällt ein Lichtstrahl durch die Tür,
Er bringt Erlösung, ein Lächeln von dir.

[Sonett 47 - 2021]

Teen-Girl's Tears

I sent a letter to one of the boys,
To let him know, how much I care for him,
But he believes, I'm just one of his toys,
Saw him with a girl in front of the gym.
So far, I didn't get any reply.
Has he read any of my lovely words?
Can he imagine the tears that I cry?
Does he know at all, how deeply that hurts?
But there's no way that I'll give up that fast,
I will send him another love letter,
Hoping he will give me a chance at last,
And my fate will then change to the better.
But in case this has no happy ending,
There are other boys, I will keep sending.

[Sonnet 36 - 2021]

Erste Liebesnacht

Ich habe in deine Augen geseh'n
Und erblickte ein funkelndes Strahlen.
Minuten müssten wie Stunden vergeh'n,
Ein Moment, mit Gold nicht zu bezahlen.
Dann berührten sich unsere Wangen
Und verschmolzen in heißem Glühen.
Es erwachte ein großes Verlangen,
Liebe auf alle Wände zu sprühen.
Uns're Lippen haben sich gefunden,
Ein Feuerwerk des Glücks in uns entfacht,
Von allen Fesseln endlich entbunden,
Der Anfang einer ersten Liebesnacht.
Ich blicke gern auf diese Nacht zurück,
Unser Beginn vom lebenslangen Glück.

[Sonett 40 - 2021]

Just One Good Friend

I love to be in happy company,
Chatting, eating and having one more beer,
Politics and gossip and gluttony,
Laughing when stories from our past we hear.
I also value moments on my own,
Only my thoughts sharing some time with me,
Contemplating in my exclusive zone,
While enjoying a cuppa of hot tea.
And there are those days, getting really rough,
I don't need cheering neither solitude,
To make it through that day, gonna be tough,
Not enough, my positive attitude.
Then I need just one trustworthy good friend,
Who, when needed, is there to hold my hand.

[Sonnet 46 - 2021]

114

Liebe – einfach fabelhaft

Meine Augen konnten nichts mehr sehen,
Und meine Ohren keinen Laut gehört,
Mein Geist war tot, wollte nicht verstehen,
All meine Wahrnehmung komplett gestört.
Manchmal erscheint die Welt mir einfach grau,
Getrübt, dichte dicke Nebelschwaden,
Ich sehne mich nur nach ein bisschen blau,
Sonnenstrahlen, die zum Tanz einladen.
Dann genau bist du hereingekommen,
Plötzlich wichen alle dunklen Schatten,
Kurzentschlossen meine Hand genommen,
Böse Geister keine Macht mehr hatten.
Gesiegt hat wieder mal der Liebe Kraft,
Bewiesen, dass sie einfach fabelhaft.

[Sonett 54 - 2022]

Looking into my Eyes

It is the way you look into my eyes,
When all my senses wildly start to spin.
So filling my stomach with butterflies,
And Causing goosebumps all over my skin.
After a long while your soft lips meet mine,
Starting a fire stronger than hell's heat,
Sending endless cold shivers down my spine,
Every minute increasing my heartbeat.
At last, our sweaty bodies unite,
Rising like tidal waves on the oceans,
In a crystal-clear starry summer night.
Drowning us in a stream of emotions.
And when the volcano stops spitting fire,
I know, only you can cool my desire.

[Sonnet 92 - 2023]

Ein neuer Tag

Langsam öffnen sich die Augenlider,
Es lächelt schon der Sonne Morgenlicht,
Einmal noch gestreckt die müden Glieder,
Ein neuer Tag ganz friedlich so anbricht.
Ich dreh' mich um und blick' in dein Gesicht,
Wie oft, mein Schatz, hab' ich das schon gemacht.
Dann kuscheln wir noch einmal dicht an dicht,
Wenn jetzt auch du aus tiefem Schlaf erwacht.
So grüßen wir den neuen Tag zu zweit,
Gern im gegenseitigen Vertrauen,
Was er auch bringt für uns, wir sind bereit,
Denn wir können aufeinander bauen.
Sie sagen, alte Liebe rostet nicht,
Kein Zweifel, wenn der Tag denn so anbricht.

[Sonett 55 - 2022]

All these Lives

Flowers enjoy us with their colours bright.
Some plants grow low, others into the sky.
Some prefer the shade, or they shine in light.
Some like it wet, some love it hot and dry.
Animals hunt and kill or feed on plants,
Some wear feathers, fur, leather, or fish scales.
Some are tall as giraffes, some small as ants.
Some are fast as cheetahs or slow as snails.
People are black or white or in between.
Some folks of us are gay and some are straight.
Some are outgoing, some hardly be seen.
Some are small, some carry a lot of weight.
All this is based on one philosophy:
All these lives must be treated equally.

[Sonnet 60 - 2022]

Halbes Leid

Du wirkst den ganzen Tag betrübt mein Schatz.
Hab' ich mal wieder etwas falsch gemacht?
War es zur falschen Zeit der falsche Satz?
War gar mein langes Schweigen unbedacht?
Macht dein Leben heute ernsthaft Sorgen?
Es schlägt so schnell in deiner Brust dein Herz.
Quält dich die Angst vor dem neuen Morgen?
Ist es der Körper, der bereitet Schmerz?
Ich glaub', ich weiß, wie ich dir helfen kann.
Du lässt dich fallen und ich fang' dich auf.
An meine Schulter lehnst du dich sodann
Und lässt den Tränen einfach freien Lauf.
Geteiltes Leid ist halbes Leid, sagt man,
Wir wissen längst, viel Wahres ist daran.

[Sonett 63 - 2022]

119

Adventszeit

Kleine Augen -strahlend- blicken ins Licht
Zweier Kerzen auf einem grünen Kranz,
Erzeugt Funkeln, wenn es im Auge bricht,
Im Zimmer einen gar festlichen Glanz.
Weihnachtsmusik erfüllt den stillen Raum,
Schatten bewegen sich über die Wände,
Und im Hintergrund steht ein Weihnachtsbaum.
Zur Flamme zieht es die kleinen Hände.
Ein kindlicher Schrei durchbricht das Schweigen,
„Da!" tönt es strahlend aus lachendem Mund.
Kleine Finger Richtung Kerzen zeigen,
Nur ein Licht, doch für viel Freude der Grund.
Oh ja, das klingt verträumt, nach Nostalgie,
Und genau deshalb genießen wir sie.

[Sonett 48 - 2021]

Weihnachtsabend

Es leuchtet ein Stern am dunklen Himmel,
Strahlt heller als anderer Sterne Licht,
Eine Wolke geformt wie ein Schimmel
Und ein Mond mit lachendem Gesicht.
In der Ferne ertönen die Glocken,
Eine leichte Brise rauscht durch den Wald,
In ihr tanzen ein paar weiße Flocken,
Formen eines Engels sanfte Gestalt.
Die Häuser erleuchtet durch Lichterketten,
Durch ihre Fenster strahlt Kerzenschein,
Geboren ein Kind die Welt zu retten,
Ruft es uns zu, endlich menschlich zu sein.
Darum schafft einen Moment der Stille
Und fragt euch selbst: Was ist sein Wille?

[Sonett 50 - 2021]

Christmas Night

Imagine the cats don't chase mice tonight,
And the grey wolves won't go hunting for sheep,
Rabbits don't have to fear eagles in flight,
Sharks cruise peacefully in the ocean deep.
Roses' thorns don't do any harm today,
Touching nettles does not burn you at all,
Sundews won't be in any insect's way,
Monkshood won't cause no final curtain call.
Before sunset, the hungry will be fed,
Each crying child will hold a helping hand,
The homeless will have found a sheltered bed,
And all the guns will rest in every land.
Let's dream of a world in a different light,
At least for the moment of Christmas night.

[Sonnet 49 - 2021]

Weihnachtswunsch

Statt Lärm ein bisschen Stille wünsch' ich mir,
Ein Kerzenlicht in all der Dunkelheit,
Und halten möcht' ich eine Hand von dir,
Sie gäbe mir ein wenig Sicherheit.
Dazu spielt eine sanfte Melodie,
Ein Glas mit Whisky in der and'ren Hand,
Dein sanftes Lächeln sitz mir vis-a-vis
Umrahmt von deinem Schatten an der Wand.
Im Kamin ein Holzscheit knistert leise,
Wohlig Wärme in den Raum er sendet,
In Gedanken geh' ich dann auf Reise,
In ein Land, wo Frieden niemals endet.
Mein einz'ger Weihnachtswunsch soll dies hier sein,
Und gerne schließ ich alle Menschen ein.

[Sonett 77 - 2022]

Our Christmas Night

Come on my dear and let us dance tonight.
We rock around that lovely Christmas tree.
The room is only lit by candle light
And no one there, but only you and me.
Let's sit by the window then really close
And stare into the freezing winter night,
Trying to spot Rudolph's red reindeer nose
And get a glimpse of Father Christmas' flight.
Then we will cuddle by the open fire,
Woollen stockings hanging over the head,
Not much more that we two could desire,
But rugs and a bearskin as our bed.
Oh, what a great Christmas night that would be,
In this world only made for you and me.

[Sonnet 79 - 2022]

124

1969

Wir hatten damals einen schönen Traum,
Leider war er nur von kurzer Dauer.
Wir lebten losgelöst von Zeit und Raum,
Im Haar eine Blume – Flower Power.
Wir glaubten an die Allmacht der Liebe,
Die Macht der Texte unserer Musik,
Das Wachsen der zarten Friedenstriebe,
An die Wirkungskraft unserer Kritik.
Ein Happening sollte das Leben sein,
Brüder und Schwestern, die Menschen geeint,
Geteilt das Bett, der Joint, das Brot und Wein,
Und alles Handeln mit Gewalt verneint.
Es war eine Zeit voll Hoffnung und Glück,
Gerade heut' wünsch' ich sie mir zurück.

[Sonett 65 - 2022]

Jahresrückblick

Zwanzig - Einundzwanzig lautet die Zahl,
Wieder ein Rückblick auf ein ganzes Jahr,
Dreihundertfünfundsechzigmal die Wahl,
Zeit für die Bilanz, wie es wirklich war.

Die große Überraschung? Aus blieb sie,
Obwohl die Hoffnung groß noch zu Beginn,
Das Virus, nicht mehr führe die Regie,
Uns kämen andre Dinge in den Sinn.

Neu nur ist die Regie im Kanzleramt,
Ampel wird die Regierung jetzt genannt.
Die Schwarzen zur Opposition verdammt
Und rote Socke zum Kanzler ernannt.

Ob das nun wirklich die große Wende,
Seh'n wir wohl erst wieder am Jahresende.

Corona, des Jahres Wort geblieben,
Mit ihr das Chaos in der Politik,
Die einen in den Wahnsinn getrieben,
Viele ergaben sich in ihr Geschick.

Der Umgangston wird härter und rauer,
Die Freiheit scheint dem einen in Gefahr,
Andere nach Freundes Tod in Trauer,
Das Virus spaltet uns, ganz offenbar.

Auch das Leid und Hunger sind geblieben,
Genau wie all die Grausamkeit und Krieg,
Millionen Menschen aus dem Haus vertrieben,
Der Wahnsinn fordert weiter nur den Sieg.

Die Nachrichten beherrschte stets der Tod,
Das alte Jahr nicht wirklich Neues bot.

Was sagt die Natur zu unser Streben?
Schickt Afrika einen Insektenschwarm,
Sie lässt in Asien die Erde beben,
Tödliche Bakterien im Menschendarm.
Lava und Asche Vulkane speien,
Wüsten breiten sich immer weiter aus,
Kinder ohne Kraft, um laut zu schreien,
Gletscher schmelzen weiter tagein, tagaus.
Lässt Wälder in Feuersbrunst verbrennen,
Sintflutartig' Regen, Wassermassen,
Schaut, wie Menschen um ihr Leben rennen,
Ihr Hab und Gut dem Schicksal überlassen.
Die Nachrichten beherrschte stets die Not,
Doch plötzlich sitzen wir im selben Boot.

Bevor ich den Rückblick so beende,
So negativ voll Elend, Leid und Frust,
Ich mich meinem Leben noch zuwende,
Dann wird auch durchaus Gutes mir bewusst.
Viel schöne Stunden hat das Jahr gebracht,
Ob mit Freunden, ob Familienessen,
Gemeinsam Spaß gehabt und viel gelacht,
Das half mir oft, den Alltag zu vergessen.
Auch die Liebe tagtäglich neu verspürt,
Wann immer ich in deiner Nähe war,
Wenn unser beide Körper sich berührt,
Dreihundertfünfundsechzigmal im Jahr.
So betrachtet war das Jahr ein Gutes,
Starte neu jetzt durchaus frohen Mutes.

[Sonett 51 - 2021]

Welcome

A very warm welcome to the new year,
Twenty-two the new ending of each date,
Greeted you friendly with whisky and beer,
And lots of delicious food we all ate.
Resolutions, I'm sorry, we made none,
They don't last longer than a day or two,
Instead let's start the year with lots of fun,
Singing and laughing all day, me and you.
Optimism is the motto for this year,
Let's enjoy our life at whatever place,
United, there's nothing we'll have to fear,
And let's try to slow down, life ain't no race.
So let's do our best, my friends so dear,
That we all can say: "We enjoyed this year."

[Sonnet 52 - 2021]

Abendstimmung

Wenn die Sonne am Horizont versinkt,
Schwalben am Himmel die Mücken jagen,
Ein Spatz noch einmal am Gartenteich trinkt,
Dann gibt's keinen Grund für mich zu klagen.
Wenn Bienen noch ein letztes Mal fliegen
Und all die Blüten sich langsam schließen,
Schilfrohre im Abendwinde wiegen,
Dann wird es Zeit, die Pflanzen zu gießen.
Wenn danach die Fledermaus lautlos jagt,
Unzählige Sterne am Himmel funkeln,
Der Mond das Ende des Tages ansagt,
Dann sitz' ich gern' im Garten im Dunkeln.
Wenn ich dann noch deine Hand halten kann,
Bin ich auf Erden der glücklichste Mann.

[Sonett 67 - 2022]

Poet's Love

Write a poem about love, they asked me.
What does the poet feel writing this word?
Do you carve initials into a tree?
Can you fly as high and sing as a bird?

And is your stomach filled with butterflies?
Or are your knees shaking once in a while?
To avoid pain, will you tell her some lies?
To be near her, would you run for a mile?

Do you cry seeing teardrops on her cheeks?
Can you smile although trouble bothers you?
Do you cover her, when shelter she seeks?
And do you comfort her when she feels blue?

All that and lots more is certainly true,
But love for me is, when I'm holding you.

[Sonnet 68 - 2022]

Spaziergang im Mondschein

Ein Spaziergang spät in des Mondes Licht,
Wir beide allein wandeln Hand in Hand,
Nur der Wellenschlag die Stille durchbricht
In des Mondscheins langen silbernen Band.
Die Gedanken drehen die Zeit zurück,
Bilder vor meinem inneren Auge,
Szenen von einst, Gefühle voll Glück,
Die ich stets wieder gerne aufsauge.
Eine innere Ruhe stellt sich ein,
Durch den Körper scheint Wärme zu fließen.
Bewirkt nur durch unser Zusammensein
Und die Sterne, die vom Himmel grüßen.
Die Zeit ist niemals stehen geblieben,
Die Konstante ist, dass wir uns lieben.

[Sonett 75 - 2022]

Key to your Heart

Do you remember that warm summer's day?
The sun was setting at Golden Gate Park,
As two lovers on the soft gras we lay,
When slowly the bright day was turning dark.
I picked a flower to plant in your hair,
Your red lips blew a sweet kiss in return.
There was only love and peace in the air,
The fire of passion began to burn.
Your soft body was melting into mine,
Our spirits rising into the sky.
When we crossed the ultimate borderline
And could see the angels above us fly.
Those S.F. nights, they mean so much to me,
'Cause that bright moon was to your heart the key.

[Sonnet 72 - 2022]

Du wirst nie

Baby, du wirst nie ein Cover zieren,
Wo Männer starren auf deine Brüste,
Damit sie ihren Verstand verlieren,
Der Anreiz zum Kauf, ihre Gelüste.
Du wirst nie auf einem Catwalk laufen,
Halbnackt für irgendein Label posen,
Damit Männer diesen Stoff dann kaufen,
Als Liebesbeweis statt roter Rosen.
Du wirst nie bei einer Miss-Wahl siegen,
Deinen Körper für den Titel quälen,
Dein eigenes Ich komplett verbiegen,
Damit sie doch eine andre wählen.
Und das Fazit dieser Erkenntnis ist?
Ich liebe dich genau so, wie du bist.

[Sonett 82 - 2023]

135

'Til For Ever I'll Sleep

Honey, I can see dark clouds in the sky.
I can feel raindrops running down my skin.
Are these tears? Do you have reasons to cry?
Is it because of me? What is my sin?
Today you have not spoken very much.
All the words seem to get stuck in your throat.
I can feel, we are drifting out of touch,
Between us lies a deep, dark, muddy moat.
Am I the reason for you being sad?
Am I hurting your feelings in some way?
Am I treating you thoughtlessly and bad?
Is it awkward words I carelessly say?
I promise, the oath I once made, I'll keep:
I will love you 'til for ever I'll sleep.

[Sonnet 83 - 2023]

Dying Breed

Woman, I guess you are a dying breed.
I bet, not too many of you around.
Many more this world certainly would need.
Lucky me, it was you who I had found.
That one day truly had changed my whole life,
When, instantly, I fell in love with you.
For decades you've been my faithful wife,
Between all the dark clouds the spot of blue.
You save me, when I am about to drown,
In hours of happiness, you laugh with me,
Flying too high, you pull me down,
You always know, when it's time to serve tea.
I adore you for all your devotion,
Thanking you with love deep as an ocean.

[Sonnet 90 - 2023]

137

No. 99

Sometimes I sit at my desk just in vain,
Ideas dying in a dead-end lane.
No cell seems to be working in my brain,
Causing the poet unbearable pain.

Sometimes thoughts flow from an unfailing spring,
Words wildly swinging on an endless string,
They may be soft or sharp as thorns that sting,
The writer becomes a lyrical king.

Sometimes I smiled, sometimes sat there in tears,
Writing of love and hope, of death and fears.
Not always certain of the readers' cheers,
But sure enjoyed creating rhymes for years.

This sonnet here is number ninety-nine,
And this for sure won't be the final line.

[Sonnet 99 - 2023]

Fußabdruck

Dichten ist wie ein Spaziergang am Strand.
Die Seele kann baumeln, Gedanken schweifen,
Das Herz regiert, nicht der kühle Verstand.
So können die schönsten Verse reifen.

Land, Wasser und Himmel sanft verschmelzen.
Worte reihen sich, sie formen Sätze.
Wellen sich rastlos gen Ufer wälzen,
Spülen frei die Reime, Dichters Schätze.

Ein Fußabdruck von mir, Zeuge im Sand,
Verse auf Papier - Poeten Erbe.
Mit der nächsten Flut er leise verschwand.
Gehen auch sie, wenn ich einst dann sterbe?

Noch ist das Ende des Strands nicht in Sicht
Und die Feder schreibt ein neues Gedicht.

[Sonett 100 - 2023]

139

Der Autor

Michael F. Panchyrz wurde
1954 in Kassel geboren. Seit
1990 wohnt er in
Bodenfelde, Niedersachsen.
Er war dort fast vierzig Jahre
im Schuldienst tätig, zuletzt
als Stellvertretender Schulleiter. Er ist verheiratet,
Vater von zwei Kindern und Opa für vier Enkelkinder.
Er hat ein *Staatlich Anerkanntes Gewissen* aufgrund
seiner Verweigerung des Wehrdienstes. Im Laufe
seines Lebens hat er maßgeblich an der Gründung und
Gestaltung von drei kleinen Zeitschriften, u.a. einer
kritischen Kirchengemeinde-Publikation,
mitgearbeitet, in zwei Wahlperioden als Ratsherr
politische Erfahrung gesammelt, das Freibad in
Bodenfelde als Gründer und sechzehn Jahre lang als
Erster Vorsitzender des Förderverein Freibad
Bodenfelde e.V. vor der Schließung bewahrt, des
Weiteren einen Schüleraustausch mit Schulen in den
USA initiiert und diesen zwölf Jahre aktiv begleitet
und acht Jahre eine Jugend-Fußballmannschaft
trainiert. Er liebt die englische Sprache, die USA, das
Vereinigte Königreich und das Cruisen auf seiner
Harley. Bereits als Schüler verfasste er zahlreiche
Gedichte. Der Lyrik widmet er sich auch heute als
Rentner wieder und dichtet deutsche und englische

Sonette in der Tradition englischer Poeten (teilweise veröffentlicht auf Instagram unter *mfp.poetry*). Außerdem hat er im April 2020 ein über 400-seitiges biographische Corona-Tagebuch verfasst, dass bisher ausschließlich im Selbstdruck seiner Familie zur Verfügung steht. Einige Jahre vor seiner Pensionierung hat er begonnen, Essays zu aktuellen gesellschaftlichen Themen zu schreiben. Einige davon wurden in seinem Buch *Über Alternativen zur Alternativlosigkeit* 2021 im tredition Verlag publiziert. Außerdem arbeitet er an einem weiteren Gedichtband mit Limericks. In diesem, dem zweiten Buch, stellt er hier nun 101 Sonette in deutscher und englischer Sprache vor.

Kapitel 1: Das Lächeln des Lebens / The Smiles of Life

Kapitel 2: Die Tränen des Lebens / The Tears of Life

Kapitel 3: Liebe & Emotionen / Love & Emotion

Zeitfracht Medien GmbH
Ferdinand-Jühlke-Straße 7
99095 Erfurt, Deutschland
produktsicherheit@kolibri360.de